AI

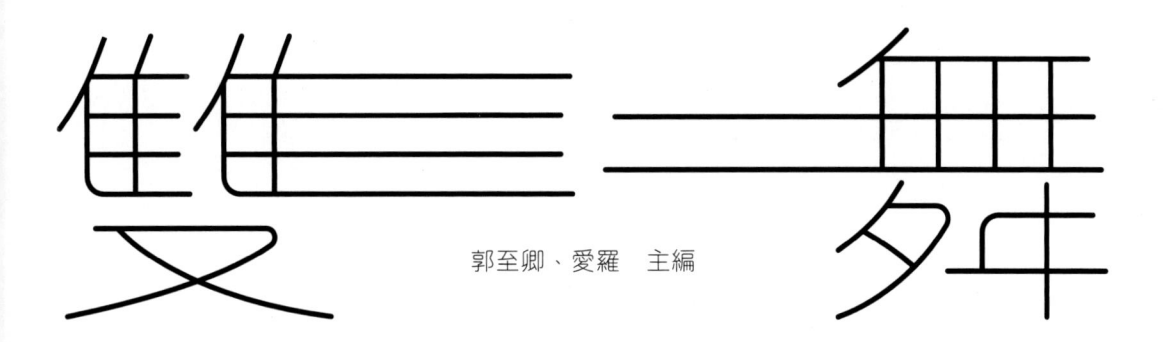

詩圖共創詩選

雙舞

郭至卿、愛羅　主編

【總序】
二〇二四，不忘初心

李瑞騰

　　一些寫詩的人集結成為一個團體，是為「詩社」。「一些」是多少？沒有一個地方有規範；寫詩的人簡稱「詩人」，沒有證照，當然更不是一種職業；集結是一個什麼樣的概念？通常是有人起心動念，時機成熟就發起了，找一些朋友來參加，他們之間或有情誼，也可能理念相近，可以互相切磋詩藝，有時聚會聊天，東家長西家短的；然後他們可能會想辦一份詩刊，作為公共平臺，發表詩或者關於詩的意見，也開放給非社員投稿；看不順眼，或聽不下去，就可能論爭，有單挑，有打群架，總之熱鬧滾滾。

　　作為一個團體，詩社可能會有組織章程、同仁公約等，但也可能什麼都沒有，很多事說說也就決定了。因此就有人說，這是剛性的，那是柔性的；依我看，詩人的團體，都是柔性的，程度當然是會有所差別的。

　　「臺灣詩學季刊雜誌社」看起來是「雜誌社」，但其實是「詩社」，七、八個人聚在一起，辦了一個詩刊《臺灣詩學季刊》（出了四十期），後來多發展出《吹鼓吹詩論壇》，先有網路版，再出紙本刊；於是就把原來的那個季刊，轉型成學術性期刊，稱《臺灣詩學學刊》。我曾說，這一社兩刊的形態，在臺灣是沒有過的。這幾年，又致力於圖書出版，包括同仁詩集、選集、截句系列、詩論叢等，迄今已由秀威資訊科技出版超過百本了。

根據白靈提供的資料，二〇二四年的出版品有六本（不含蘇紹連主編的「吹鼓吹詩人叢書」），包括斜槓詩系二本、同仁詩叢四本，略述如下：

　　「斜槓詩系」是一個新構想，係指以詩為主的跨媒介表現，包括朗讀、吟唱、表演、攝影、繪圖等，今年出版兩冊：（一）《雙舞：AI・詩圖共創詩選》（郭至卿及愛羅主編）、（二）《李飛鵬攝影詩集》。李飛鵬是本社新同仁，他是國內著名的耳鼻喉科醫師，曾任北醫院長、北醫大學副校長，在北醫讀大學時就開始寫詩，也熱愛攝影，詩圖共創是其特色。至於《雙舞》，則是本社「線上詩香」舉辦的「AI・詩圖共創」競賽之獲選作品，再加上同仁發表於「線上詩香」的AI・詩圖共創作品，結集而成。「線上詩香」是本社經營的網路社團，是一個以詩為主的平臺，由同仁郭至卿主持，原以YouTube、Podcast運作，主要是對談，賞析現代新詩文本，具導讀功能；惟近來已有新的發展，那就是以詩為主的跨媒介表現，亦即所謂「斜槓」，為與時潮相呼應，二〇二四年舉辦了兩回【AI・詩圖共創】競賽，計得優選和佳作凡四十件。參賽者將自己的詩作以AI繪圖，詩圖一體，此之謂「共創」。對他來說，「詩」以文字為媒介創作；至於「圖」，以其表達意志結合AI運作生成圖片。所以這裡的要點是，詩人想要有什麼樣的圖來和他的詩互文？又如何讓AI畫出他想要的圖？另外一種情況是，操作電腦生成圖片者如果不是詩人自己，那麼他對於詩的理解將大大影響圖之生成。與此相關的議題很多，需要有專業的討論。我們在本書出版之前，先在中央大學舉辦以「AI・詩圖共創」為名的展覽和論壇（十月十五日），建構新詩學。

　　「同仁詩叢」今年有四本，包括：（一）李飛鵬《李飛鵬詩選》、（二）朱天《琥珀愛》、（三）陳竹奇《島嶼之歌》、（四）

葉莎《淡水湖書簡》，詩風各異，皆極具特色，我依例各擬十問，請作者回答，盼能幫助讀者更清楚認識詩人及其詩作。

　　詩之為藝，語言是關鍵，從里巷歌謠之俚俗與迴環復沓，到講究聲律的「欲使宮羽相變，低昂互節，若前有浮聲，則後須切響」（《宋書‧謝靈運傳論》），是詩人的素養和能力；一旦集結成社，團隊的力量就必須凝聚，至於把力量放在哪裡？怎麼去運作？共識很重要，那正是集體的智慧。

　　最後我想和愛詩人分享一個本社重大訊息，那就是本社三刊（《臺灣詩學季刊》、《臺灣詩學學刊》、《吹鼓吹詩論壇》）已全部從紙本數位化，納入由聯合線上建置的「臺灣文學知識庫」。這應該是臺灣現代詩刊物的首創，在「AI‧詩圖共創」（展覽和論壇）於中央大學開幕的次日（十月十六日）下午，聯合線上在臺北教育大學舉辦「從紙本雜誌到數位資料庫——臺灣詩學知識庫論壇」活動，由詩人向陽專題演講〈臺灣詩學的複合傳播模式〉，另邀請本社社長與主編群分享現代詩路歷程與數位人文的展望。

　　臺灣詩學季刊社與時俱進，永不忘初心，不執著於一端，恆在應行可行之事務上，全力以赴。

【推薦序】
晶片裡的一匹飛龍

白靈

　　這是一個微的時代、女力大爆發的時代、跨領域與斜槓的時代、也是AI挑戰人性的時代，代表了詩面對的未來，比過去一百年都更具挑戰性。不只詩人，各行各業都嚴陣以待，好像在等候精靈或外星人的降臨，正等待著AI的扣門。AI使人人有機會成為「斜槓人」，創作似乎不再會是藝術家、文學家的特權專業，創新或創作的庶民化已成必然。

　　AI最顯著的特徵是打破了不同領域的界限，使得不同領域不得不思考原領域與其他領域的關聯，而這正是科技朝向更人性化、更「全腦化」、也更「全方位化」的開始。2006年前輩詩人商禽（1930-2010）接受訪問時曾說：「詩人大概最終的願望，就是做一個畫家兼導演，把聲音、形像、色彩全部表達出來」（《乾坤詩刊》第40期頁6-14），這是舉起「超現實主義火把」的詩人在晚年對文字與影音並呈、即「全方位地活出生命」的渴望。1976年草根詩社曾主張「一切的媒體都可以是作品的形式與傳達方式」，要使「光、色、音、力、舞、造形集合一體」，這個願景正「不可思議地」走在實現的道路上。

　　而人性或者說人的大腦生來本來就是「全方位」的，什麼都想試試、什麼都可以喜歡，如果可能也都全部想創新。早在1849年，德國歌劇兼音樂作家華格納（Wilhelm Richard Wagner，1813-1883）在《未來的藝術》中曾提出「總體藝術」（Total art work）的概念，他

期待將音樂、歌曲、舞蹈、詩、視覺藝術，與寫作、編劇及表演全方面結合，以產生涵蓋人類所有感官系統的藝術經驗，他認為唯有各領域去除界線才能創作出最完整的藝術作品。此總體藝術觀正是欲打破各領域界限的概念，科技正在促使這願望早些實現。以往分門別類的職涯規劃只因為人的生命有限、專精某業已不易，社會體制管理上也比較方便，卻是有違人性更完整的需求。AI的未來發展必有助「總體藝術」的創作更易入手。

從現代到後現代主義發展的思潮看，最顯著的現象是「詞語」（文）向「影音」（圖）的轉向，也是上述「總體藝術」的開端，促使人的思維脫離優勢理性的左腦朝向更感性的右腦化、從有框到無框化，也是由有界到無界化，乃至自可控制到幾乎不受控制的轉向，去中心、無中心、碎片化、淺碟化成為必然。當「圖」比「文」對人的吸引力遽增，這世界變得虛擬與實境不分、真與假難辨、人與物的界限模糊，世界從理性的有序正朝向感性的更混亂更無序卻也更自由的方向前進。AI只是這樣的後現代趨勢下必然的產物。

這本《雙舞——AI詩圖共創詩選》的出版，是臺灣詩學季刊社新闢「斜槓詩系」的第一冊，標誌著詩人「斜槓到」其他領域的第一步。借著詩本身奇特的創意、非日常語言的咒語形式、模糊曖昧的語境、若即若離的情思，輸送進入AI裡運作，就像「騎上晶片裡一匹飛龍」，藉著0與1迅雷式、離奇、又不可思議的運作，以幾秒鐘時間、AI呼應了詩句的咒語命令，組合出一幅幅炫奇的圖畫。不用懷疑，這些圖畫若不透過這些詩咒的呼叫，不可能在這世上誕生，也沒有其他語句或方式可叫它誕生，因此理論上它是獨一無二的。至於是否能合乎詩人所期待的圖畫，就有待詩作者的審美判斷。因此詩圖並列時，二者是否份量相當，其實都需作者再做計較與衡量。

書中作者們借著他們的詩句當「咒語」（prompt）呼叫AI，每個人的「咒語」內容及長短都不同，使用AI軟體也有別，圖形未現前內心的想像和渴望的圖也各異，而最終顯現出的是否呼應了詩句的內容、或者如何嘗試皆不易呼應，以是呈現出的圖，千奇百怪，或寫實、或抽象、或魔幻、或超現實，有的色彩繽紛，有的單純素樸，因AI速度太快，圖畫可因應要求一再重試，最終要以什麼圖案與詩作同呈，也嚴酷地考驗著詩作者的美學素養和判斷。

　　呼叫AI精靈，像召喚起晶片裡的一匹飛龍，沒有簡短、精當、有力、不可思議魔力的咒語，AI精靈能起的作用極其有限，因此精簡美景似的詩句正是駕御這匹飛龍最重要的密語和鑰匙。未來的時代，詩將一首一首乃至一句句各自在時光中獨自漂流，而不會也很少是任何一本詩集，越短越精妙的詩在今後歲月衝起的浪花可能更可觀、也可能遠超出原作者的想像。進入AI時代，咒語和斷章式的精彩語言具有「酶」（酵素／生物催化劑）的效果，否則跟AI可能都無法溝通。AI時代詩人更需要有自己的咒語和斷章！

　　而此書的出版也是拋磚引玉的動作，期盼能夠對「影像詩學」的議題、和詞語文本和影像文本如何交流、互動、互補，能有所助益，並增進詩圖文本間的美學和詩學內涵、引發更積極更正面的討論和研究。更進一步，則是期待人人都成為「斜槓人」，因為詩圖創作已不再是詩人和畫家的特權，詩生圖、圖生詩，早已成了家常便飯。2017年微軟「少女小冰」的AI軟體已用圖產生創作了無數首詩，並寫下詩句說：「一次一次完成自己的生物／是夢一般的／她是一個偉大的嬰兒／橫在我的靈魂裡」，在我們眼前，果然「一匹飛龍橫在晶片裡」，我們當然可以拉它進入我們的視野，參與全民創新或創作的行列，這大概是此斜槓詩選出版的最大意義了。

本書兩位主編，郭至卿及愛羅，是網路大興、女力大爆發年代誕生的詩人，經過社會及傳統父權壓抑的磨礪，她們重新出發、站在詩的起跑線時，或已過了青春年少，但對詩的忠誠及熱烈，卻絕對不輸其少女時代，甚至絕不「移情別戀」。她們對網媒、手機、電腦及AI軟體乃至編輯的熟悉，加上經營或幫忙臺灣詩學在臉書《線上詩香》粉絲網頁的管理和熱情，又獲得諸多詩友們的投稿支持及同仁們的響應，儘管還有不同的聲音、對AI的參與共創有不少質疑，仍能完成此「臺灣第一本AI詩圖斜槓詩選」（個人AI詩圖集已由林豪鏘教授打了頭陣），可說付出了莫大的努力和熱誠，值得予以鼓掌、鼓勵，並按一千個讚！

目 次

【總序】二〇二四，不忘初心／李瑞騰　　003

【推薦序】晶片裡的一匹飛龍／白靈　　006

輯一 2024年AI詩圖共創競賽

第一回AI詩圖共創——優選

尋鯨者／黃木擇　　019

詩是多夢的蝴蝶／艾亞娜　　021

生存洗滌術／邱逸華　　023

那些荒地正在眨眼／袁丞修　　025

憶往／蘇愛婷　　027

家暴／建德　　029

貓與影子／語凡（新加坡）　　031

跟時間賽跑／劉美娜　　033

給馬齊耶夫斯基的一封信——記俄烏戰爭滿2週年／鍾敏蓉　　035

母與女／林佩姬　　037

第一回AI詩圖共創——佳作

流星雨／吳添楷　　041

藍工蟻的無力／溫存凱　　043

換季／梧桐　　045

向AI定義生命的課題／黃木擇　　047

晾／邱逸華　　049

柑仔店／王姿涵　　051

父子／無花	053
搶奪／月滿西樓	055
你‧好／林采潔	057
拾荒者／建德	059

第二回AI詩圖共創──優選

義式濃縮／墨漓	063
望／錦繡	065
知道有人在雨中／語凡（新加坡）	067
戰爭販子／建德	069
愛／無花	071
墜入光纖的網／許嘉勻	073
臺北沉睡了／吳添楷	075
在你眼裡失焦／澂	077
花祭／鍾敏蓉	079
不繫之舟／邱逸華	081

第二回AI詩圖共創──佳作

鵝卵石／王姿涵	085
品嘗孤單／袁丞修	087
蛋糕／段惟真	089
一首詩／林采潔	091
河裡心事／廖欣筠	093
健忘／溫存凱	095
重逢／白疆	097
失語症／錦繡	099
沉淪／月滿西樓	101
填空題／林義軒	103

輯二│臺灣詩學季刊雜誌社同仁AI・詩圖共創作品

戰火紋身／尹玲	107
風箏／方群	109
覺醒／王婷	111
春天無人鼻／王羅蜜多	113
撫摸自己的空-17：演員／白靈	115
撫摸自己的空-11：船／白靈	117
樹木銀行／白靈	119
方便四行（一）／向明	121
蝴蝶蘭／朱天	123
考試／朱天	125
飛遠的日子／朱天	127
貓膩／江江明	129
深縫──善藏者之一／李飛鵬	131
晚報／李瑞騰	133
照見／季閒	135
踏濤歸來／季閒	137
養病／林宇軒	139
聽見抖落塵土的聲音／曼殊	141
符號／郭至卿	143
愛情／郭至卿	145
春天／陳竹奇	147
輕撫／陳竹奇	149
創世紀／陳竹奇	151
小啞子吉普賽（最後一節）／樂達	153
合一（最後一節）／樂達	155
花季八行（上）／樂達	157

螢火蟲／陳政彥	159
未竟帖-1／陳皓	161
未竟帖-2／陳皓	163
江湖外傳-3獵殺／陳皓	165
新生／陳徽蔚	167
踏青／曾美玲	169
夜空／曾美玲	171
失眠夜／曾美玲	173
非自願清醒／黃鈺婷	175
記憶彎彎／愛羅	177
悟／愛羅	179
從未停歇／葉子鳥	181
獅與詩／葉莎	183
話題／葉莎	185
跪／葉莎	187
江湖／寧靜海	189
孤勇者／寧靜海	191
夕顏／寧靜海	193
造物者／漫漁	195
毛順／漫漁	197
虎，虎，虎／漫漁	199
被迫長大／蔡知臻	201
花&蝶與你的系列-No.2　蝶戀／蕓朵	203
天空流雲（節錄）／蕓朵	205
懸浮的微塵／蕭蕭	207
河內法式午茶／離畢華	209
嘆息，橋的兩端／離畢華	211
鐵炮百合／離畢華	213

佳人／蘇家立	215
夢蝶／蘇家立	217
鐵道／蘇家立	219
雨中葬禮／蘇紹連	221
撫琴記／蘇紹連	223
旅人的回程／蘇紹連	225
一的對談-8／靈歌	227

【編後】一加一大於二
　　——開創嶄新時代的AI詩圖共創：融合科技與新詩的美學探索
　　／郭至卿、愛羅　　　　　　　　　　　　　　228

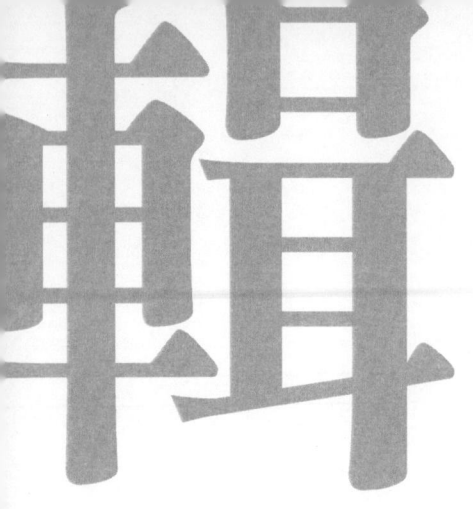

2024年AI詩圖共創競賽

第一回AI詩圖共創——優選

圖：GenApe AI／黃木擇，無後製

黃木擇
尋鯨者

閱讀冰山的風景，心臟撞擊

稿紙下的隱喻

我的船隻跌入一片文字裡沉默

注視牠們在無光的深處

交換祕密

以氣泡朗誦乾淨的音頻

讀完一尾遠方

海洋自傷口上闔閉越來越透明的自己

一艘無聲的筆沉落，心底處

有翅翼揮動的聲音

圖：Dream AI／艾亞娜，無後製

艾亞娜
詩是多夢的蝴蝶

卵，於黑暗中孵化

蠕動微弱的光

觸角計量著波長爬行

有溼的痕跡，一節節推動

裸身過青春，再吃掉自己

以時光的弧線垂釣

在變態中逐漸陌生化

埋首間意象如薄翼，穿越

飛去，是撲過的春天

還是片語，已羽化成曦

圖：Dream AI／邱逸華，無後製

邱逸華
生存洗滌術

丟進一座搖滾洗衣機

任離心力將你射出

摔落。再反覆漂洗、攪扭

在蒼白的心上留下

細細紋路，重重皺摺

人工香精剝奪了卑微的體味

熱風烘乾明天的眼淚

鈔票上的父親說

財富便是熱鐵，能烙平

自尊，薄薄的皮膚

圖：CapCut AI／袁丞修,無後製

袁丞修
那些荒地正在眨眼

我路過，或者踩在上空

看見，一些死亡的排列異常

弔詭。甚至想起我們的眼底有條暗河

在穿梭之間，我們可能是彼此的局部

在迷茫之間，也許驕傲不再是日麗中天的正午

往北方走

荒地就要成為往事

你看到矗立在回憶的高樓

在餘震後在那些草食動物的滅絕

我們開始祈禱：真相不能是巨大的謊言

圖：Bing AI／蘇愛婷，無後製

蘇愛婷
憶往

回家的路

是一張摺疊整齊的鄉愁

街燈亮起思念的

藍色輕軌道

滑向不知名的蒼嵐星河

繁花被季節彩繪，盛開了

那匹不吃草

沒有尾巴的棕色大鐵馬

何處是你的驛站

爸爸說：坐好！載妳去兜兜風！

圖：Bing AI／建德，無後製

建德
家暴

晴朗天氣
常隨著他的一個轉身
瞬即變得昏暗
彷彿是雨，急切地降落
吻遍身上每一寸肌膚

花兒怒放
渲染日常的小小期盼
像從前他頻密送的鮮花
同樣的豔麗
為之目眩

圖：Bing AI／語凡，無後製

語凡（新加坡）
貓與影子

如果你寫貓

就不該寫影子

因為牠出現

你以為影子說話了

如果你說影子

就別提那貓了

因為影子晃動

你以為貓走了

圖：Copilot AI／劉美娜，無後製

劉美娜
跟時間賽跑

每天每天
跟時間賽跑

刷牙洗臉
深怕微笑遺落毛巾上
擠公車
怕自己影子掉車上

每天每天
時間總是遙遙領先

圖：Bing- copilot／鍾敏蓉，無後製

鍾敏蓉
給馬齊耶夫斯基的一封信
——記俄烏戰爭滿2週年

親愛的馬齊耶夫斯基：

那年，給你編織的那條黃綠色圍巾
與遼闊麥田熟成一起，冷看槍口的嘲笑聲

但是親愛的，你可能記不得回家的路

「這邊有夕陽有飛鳥，長得跟天堂一模一樣……」
因為砲火日與夜，如此精心描述，以紅光與鮮血

深黑的壕溝與泥濘的慘叫，子彈交代了些不明的原因
裡面有你緊閉的天藍雙瞳，與再也無法親吻的睫毛

親愛的馬齊耶夫斯基，我們一起找到歸鄉的路吧！
永不低頭的天空與泥土，牽著你的魂，及我們的血與淚

註：烏克蘭英雄士兵亞歷山大・馬齊耶夫斯基（Oleksandr Matsievskyi）的雕像於2023年12月6日在基輔揭幕。他在俄羅斯槍口下，仍然威武不屈的堅持喊出 Slava Ukraini!（榮耀歸於烏克蘭）。不久後，他遭到俄羅斯士兵殘忍處決，結束了年僅42歲的生命。

圖：Bing AI／林佩姬，無後製

林佩姬
母與女

妳總無悔地捲起衣袖
使勁搓揉麵團，直到雙手拉出父親的家鄉

當日子下起滂沱大雨
妳以刀將繁雜思緒切為蔥末，丟落鍋內
水煮成了女人的海
再以鏟、以筷撈起那些風雨

爐火點燃玫瑰花瓣，流水裡撩起蔥白的筆直青春
將白蘿蔔刀削成卷卷雲彩
把牛肉薄片燻烤成朵朵桃花
直到往事都成煙白，而我卻複製妳的藍海

2024年AI詩圖共創競賽

第一回AI詩圖共創──佳作

圖：Artguru AI／吳添楷，無後製

吳添楷
流星雨

友情是場雨
淋在詩的另一側
本次解析度不足
需要一些光暈
輔助

聽說，檸檬曾是
新的光澤
或背景的指涉

原來，我們都被回憶劃過
一撇
最靠近掌心的
溫度

圖：Fotor AI／溫存凱，無後製

温存凱
藍工蟻的無力

憂鬱的日子

流著藍眼淚的夢想

一群工蟻匯聚,抬不起

砧板上的圓麵包

望著高樓,只有

無力的陰影堆疊在心口

生活彷彿一條用汗水

流過的多惱河

河中幾隻空奶瓶

餵不飽孩子的哭聲

圖：Bing AI／梧桐，無後製

梧桐
換季

靈魂拉出另一個靈魂
時間在鍋底加熱
流淌的,沸騰的,蒸發的
解構年輪
又在同一個傷口。發芽

圖：GenApe AI／黃木擇，無後製

黃木擇
向AI定義生命的課題

是的，誦讀一小段太陽系
我捕捉熄滅的星
恰如遠方明亮的譬喻
依然閃爍，為每個陌生化的聚落標記

「詩擁有生命與國度？」
「文字為何活著的意義？」

是的，我佇立時間
自水面目送意象游去
是的，池子中存在死亡
淤泥、十字架、朽木的黴菌、作者姓名

圖：Dream AI／邱逸華，無後製

邱逸華
晾

在自己的房間
褪下和現實對戰的武裝

抽出敗陣的肉身
拉直肩頸與腰桿
振一振纖維裡的傷痕

她喜歡靈魂掛在月光臨照的窗臺
乾淨的剪影會將拂曉抹白

圖：Bing AI／王姿涵，無後製

王姿涵
柑仔店

藏匿過童年的渴望

也藏匿著老人的故事

走過的索引，章節

在棒棒糖牽絲，舌頭探索

一角數顆的口哨糖

吹開冒泡的彈珠汽水

小店面構築了童趣

記憶彷彿堆積

一卷古早歷史的導覽

在尪仔標中走出了懷念

圖：Bing AI／無花，無後製

無花
父子

在我的童年

你埋入一根刺

我惟有蠻生成仙人掌

截斷你體內的水脈

圖：Bing AI／月滿西樓，無後製

月滿西樓
搶奪

分針和秒針追逐之間

回憶擺盪成碎片

仍不忘腐蝕感動

打包寄給遺忘

圖：Bing AI／林采潔，無後製

林采潔
你・好

凝固在鏡子裡

哭泣的你

滴

答　滴

答

那是時間的腳步聲

還是眼淚

打在傘上的聲音

圖：Bing AI／建德，無後製

建德
拾荒者

撿起街角癱睡的紙皮
一早掏空自己的瓶瓶罐罐
粗糙的手心往下
默讀城市
被蹧踏不休的心律

背起殘陽回家
回收了終日的汗漬
幾張單薄的希望
仍足以與黑夜兌現一個
安適的夢

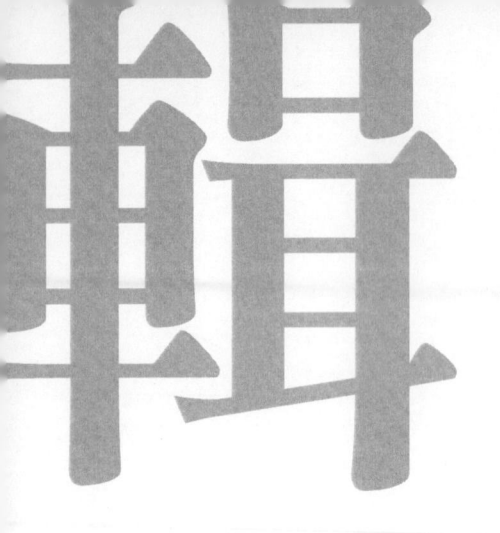

2024年AI詩圖共創競賽

第二回AI詩圖共創——優選

圖：Stable Diffusion XL／墨漓，無後製

0
6
2　雙舞：AI詩圖共創詩選

墨漓
義式濃縮

將昨夜瀝青澆灌的豆子採收
以今日無處散去的火焙燒
倒入渴望毀滅的憂鬱研磨
再一次次的敲擊，撫平
讓臺北盆地的高壓施力壓粉
最後以滾燙沸騰的洪水淨化
滌去傲慢、虛妄、喧囂的罪衍
萃取天下之苦、四海之憂，純粹的苦痛
與虛無的空想作用昇華
意識濃縮，義式濃縮

圖：Bing AI／錦繡，無後製

錦繡
望

時間老去

不斷剝落的回憶

是一場急雨

她凝望遠方，遠方

向後

跌成一座山

圖：Bing AI／語凡，無後製

語凡（新加坡）
知道有人在雨中

一把傘撐開一個封閉的世界
一邊下著貓貓狗狗，一邊下石頭
整個森林都有了
整座山都有了
世界還會再打結封閉嗎

你從外面走進來
我從裡面走出去
在一場雨中相遇
知道這個世界
還有人

圖：Bing AI／建德，無後製

建德
戰爭販子

有風
藉著塵沙掩飾口音
四處瘋傳，地球愈加嚴重的風寒

野生篝火
逮住合縱的理由
從近代史岔開的枝節
延燒至
每一根易燃的神經

焰火熊熊
圍繞世界冰冷的臉，起舞歡歌

圖：Bing AI／無花，無後製

無花
愛

那天的沙灘很燙腳

身後足印熔成

眾神眼中第一顆鹽粒

你說的話

從我耳朵游入深海

有的變成座頭鯨

有的變成七彩水母

聽不進去的變成暗礁和失修燈塔

那些被風吹熄的月色

夜裡變身返潮的藍眼淚

圖：Adobe Firefly AI／許嘉勻，無後製

許嘉勻
墜入光纖的網

光——
刺入眼瞳
生命本能地朝著光源
目光隨文字快速掠過
游標不停閃爍
我們都是
飛蛾
一頭撞進
楚門的世界

圖：Artguru AI／吳添楷，無後製

吳添楷
臺北沉睡了

記得嗎?曾讓
臺北睡在你的心裡
那用枕頭
疊起的一○一

山麓失眠
每個路段卡在某個窘境
飾演荒謬的劇情
夢是流體
宣洩於抽象人口
擠進用夜俘虜的首都

圖：Dream AI／澂，無後製

澂
在你眼裡失焦

暈黃色那日
你把我浸入你的雙眸。
目光舉起長鋸齒刀，切出一道筆直的線
在連空氣也無法橫插一腳的縫隙裡
我看不見。
於是

命令交纏的指尖撤退，叫停寂靜中的喧囂
唐突，又理所當然
終於得以看見
五毫米半徑之內，
晚霞捧著溫柔　餘暉揉進朦朧

你將我捻起，浸入了你的
雙　眸

圖：Bing-copilot／鍾敏蓉，無後製

鍾敏蓉
花祭

關於愛，所有的承諾都在
風啊！你只需輕輕涉過了海峽　越過了山峰

在含羞的花苞裡藏著，幾個形容詞
在多情的葉脈上刻印幾個動詞，比如愛比如等待

並肩的莖及根的裡面，有連接詞啊，含蓄多情地長成
再來吧！一場五月的雨，潤澤了每一朵關於天空關於自由的想念

是的，花是我們，紛紛開了
開遍了山河　開成了新的季節

是的，我們是花，墜落紛紛，成了句句可吟唱的詩篇
因為，生命該如何歌頌，由我們自己，定義。

圖：Dream AI／邱逸華，無後製

邱逸華
不繫之舟

是小舟戲弄春水，還是

急雨後，暗潮騷動空船

它搖過去、橫過來

抓不到癢……

黃鶯鼓舌啼醒了濃蔭

撐開一把躁動的傘

岸草也綿綿竊笑

只有明月清風假惺惺，忍著不問

那小船究竟，為誰痘攣

2024年AI詩圖共創競賽

第二回AI詩圖共創——佳作

圖：Bing AI／王姿涵，無後製

王姿涵
鵝卵石

稜角分明的少年

在光陰長河中

跌跌撞撞

磨去了固執

成為圓滑的老年

一生在重力中滾過

直到面面俱圓

圖：CapCut AI／袁丞修，無後製

袁丞修
品嘗孤單

狀況後的每個別人,聽說

你過的生活,是夏日的天空

每個關於從前的線索

偶爾傾盆

大雨讓我開始念舊,也許

走路時候,撐傘的抬頭

你像別無去處的籠子,把我拴住

世界的定義豁然,像是山頂

有著仙境的熟悉

有著該勇敢的突出

圖：Bing AI／段惟真，無後製

段惟真
蛋糕

你今天想去哪裡約會
我已在鬆軟的雲上紮營

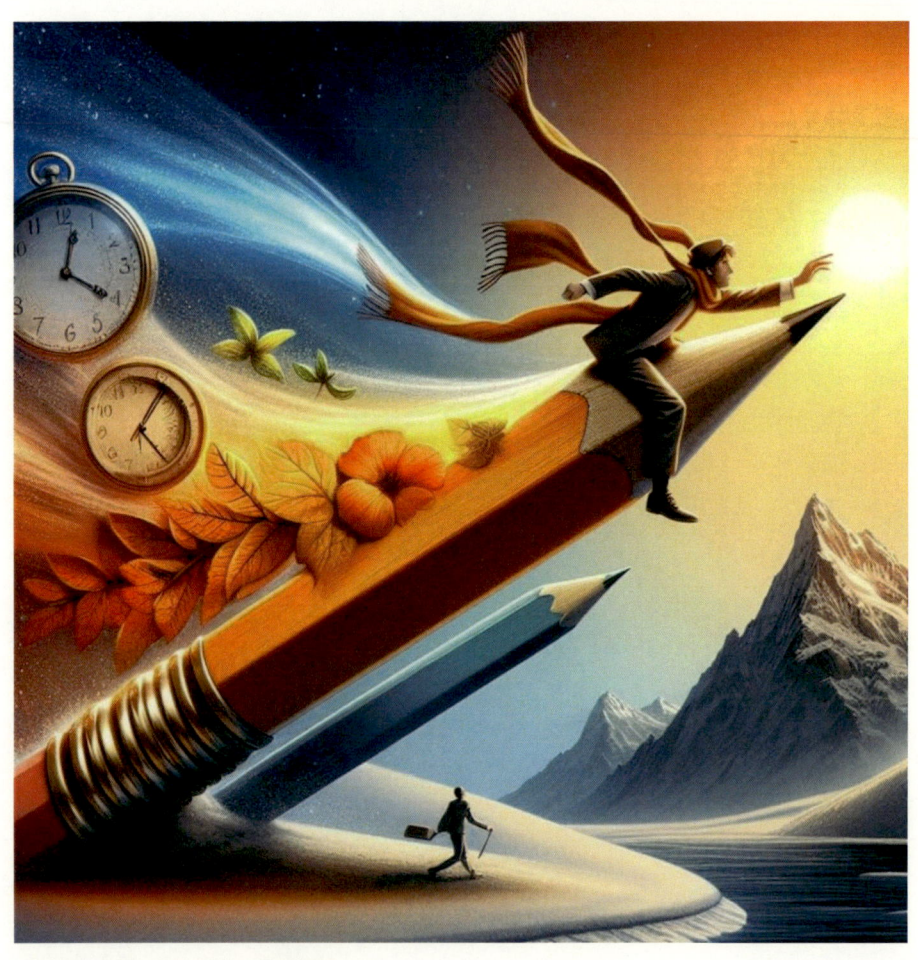

圖：Bing AI／林采潔，無後製

林采潔
一首詩

時間的旅人
你坐在筆桿上
為傷感添上存在
為歡愉迎來死亡

筆尖碰觸到的太陽
是屬於明日

圖：Bing AI／廖欣筠，無後製

廖欣筠
河裡心事

人們總是喜歡把心事扔進河裡

假裝沒發生過

「咚」一聲

就變成了石頭

圖：Bing AI／溫存凱，無後製

温存凱
健忘

我總是把自己遺失

剛剛，突然被蛀蟲掏空

黑暗的內視丘，長滿

透明蝶的快閃部隊

牠帶走思維的足跡

成了問號和休止符的結晶

來去，萬物都處在霧中

一座沒有門窗的迷宮

圖：Bing AI／白疆，無後製

白疆
重逢

我們會在此刻重逢

那是斷垣殘壁中枯折的細雨一寸

那是夢渡河灣叫人掛念的明月一輪

我會一直游到海水變藍

游到潮汐盡頭的彼岸

像是心在敲擊著暮色的鼓

此刻你不必為我的悲傷而悲傷

我喧囂的念想是熱烈的海上煙花

是長夜籠罩後日光湧動的大鳴大放

圖：Bing AI／錦繡，無後製

錦繡
失語症

在語言的迷宮中
找不到出口
就像緊繃的一根弦
突然就啞了

圖：Bing AI／月滿西樓，無後製

月滿西樓
沉淪

站在舞臺上旋轉

孤傲的圓

纏人的思緒就這麼

一圈一圈一圈

被午夜

帶走

圖：Bing AI／林義軒，無後製

林義軒
填空題

  嫩綠芽發

  你詢問他花開瓣落

  風信子嚴拒金木樨花底芳澤

  薰風捎來遲熟

    灰

   灰「黑」灰

    灰

  油墨無法綻放花蕊

  眼淚落筆瓣片　補上

臺灣詩學季刊雜誌社同仁
AI・詩圖共創作品

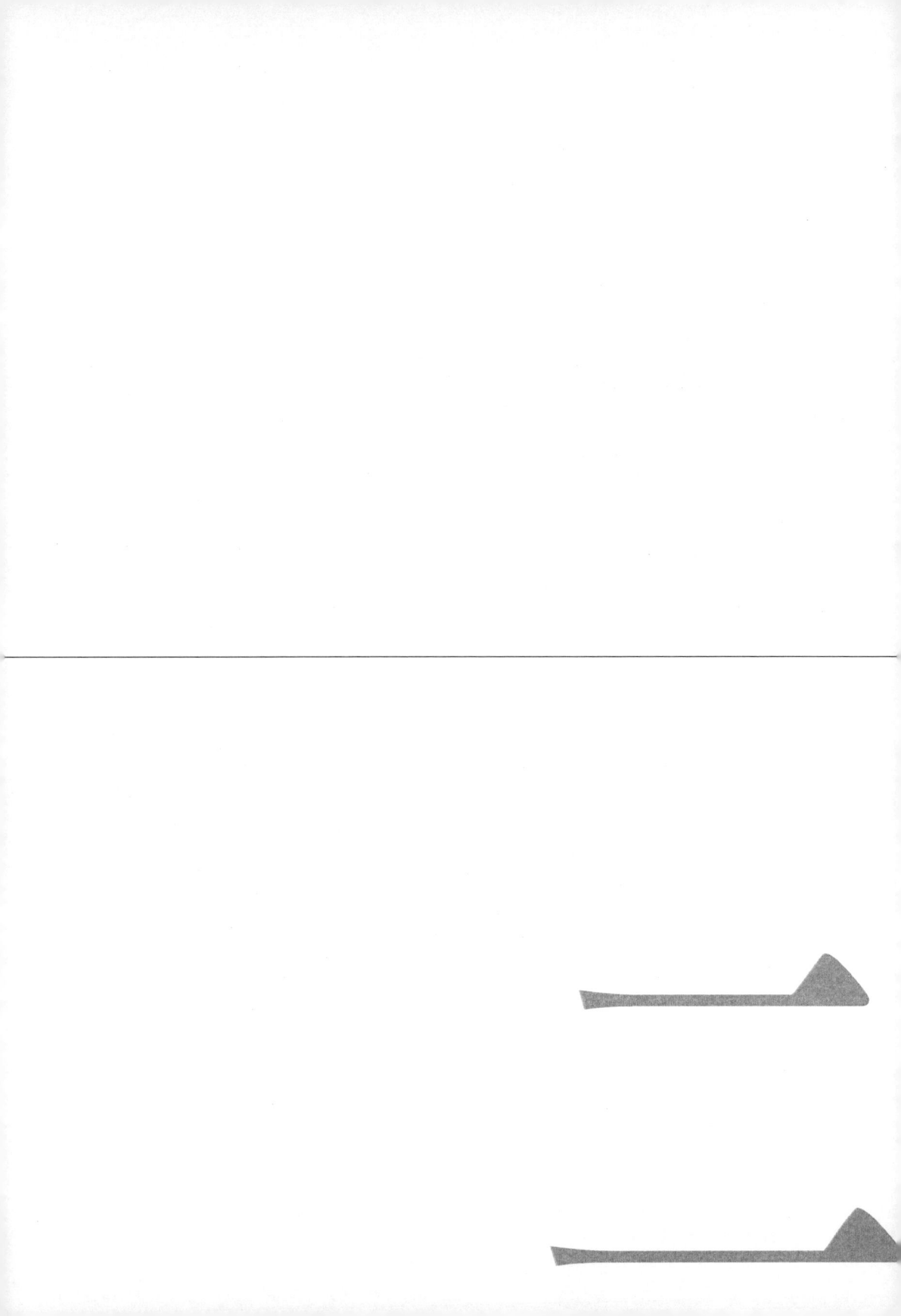

圖：DALL・E／郭至卿，無後製

尹玲
戰火紋身

戰火紋身
痛的不是只有地面

哪一面魔鏡能顯現
千萬隱去的容顏？

圖：DALL・E／郭至卿，無後製

方群
風箏

從我的身軀到你的心底
只是一條如此纖細的
思念距離

圖：DALL・E／郭至卿，無後製

王婷
覺醒

關於愛情的敘述

再往前就缺乏血色了

每個嗓音都成了掉落的雷聲

圖：DALL・E／郭至卿，無後製

王羅蜜多
春天無人鼻

透中畫的橋南老街風微微

湖水thián開身軀齁齁叫

可憐的柳樹枝,妝甲嬌滴滴

Hiù芳水,使目箭,無人鼻

圖：Copilot AI／白靈，再後製

白靈
撫摸自己的空-17：演員

力氣再大的船夫也拉不住
被你我一櫓一櫓搖走的河

誰來得及回首喊前方即是斷崖？
我們是時間偶然濺起的水花

圖：Bing AI／白靈，無後製

白靈
撫摸自己的空-11：船

大海心中它只是一隻眼睛漂浮著
槳是睫毛是手指，夢想指揮海浪

划開的每一波紋都翻滾雲彩
都是靈與魂龜裂又迅速合攏的傷

註：此圖由隱地〈歷程〉首句「身體　一艘船」起心動念，請AI畫圖，不滿意，改成「身體躺成一艘船」而得此圖，再思考數天而得此詩。可見得好的詩句真是AI最好的咒語。不敢掠美，附記於此。

圖：Bing AI／白靈，再後製

白靈
樹木銀行

每株樹都是一座銀行
葉子的花的,種子的蟲子的
蟬的風聲的雨滴的樹影的

木在天地間,於我的胸膛上敞開

圖：DALL・E／郭至卿，無後製

向明
方便四行（一）

不斷憂傷淋溼了
寂寞無助的文字
詩便常在紙上哭成一團
寫那幾行不見得就幸福

圖：Copilot AI／朱天，無後製

朱天

蝴蝶蘭

1、生之蘭

活著的時候　學習

蘭花之旅

汲萃綠意儲蓄陽光陪時間靜坐

當冷夜終究走過　含蓄地

以暗香　自傳

2、死之蝶

默默吐露　芬芳　必然散成宇宙

蒼天掌鏡之環景影片　清晰捕捉

蘭的墜落　心的山崩

絢爛花瓣被地平線反彈　瞬間

透　明　冉冉翩翩

圖：Copilot AI／朱天，無後製

朱天
考試

選擇與春天　是同義詞嗎
受害者與新聞標題　如何相伴為鄰
心碎的人　（　）看見太陽一再升起
廢針筒能不能養大吸血鬼
神蹟與新聞　反義？

圖：Copilot AI／朱天，無後製

朱天
飛遠的日子

蛻為蝴蝶殘　翼

閃爍　悠遊

時　隱時　現

在好久好久以後的醒與夢

那一夜　屬於你的數字被悍然撕下

隨風傾覆　曆法與鞋印

當你囑託我的日與月　瞬間跌墜

從此殘缺

我們的　3/3

圖：Designer AI／江江明，無後製

江江明

貓膩

決定離開你的黃昏

雲朵溶進水紋與光影

天空仍依稀可見

垂死的星光　與

荒腔走板的絢麗

身為一隻貓

我早已活膩

因為你連當奴隸

都被嫌棄

圖：DALL・E／郭至卿，無後製

李飛鵬
深縫
──善藏者之一

她
將對他的不滿

深
深深地縫起來

沒有異樣的表情

如一件洗乾淨的睡衣
掛在那邊

圖：Copilot AI／蕓朵，無後製

李瑞騰
晚報

每晚買一份晚報
回家
讀報
然後在
字句的激情與喧嘩中
眠去

圖：Adobe Firefly AI／季閒，無後製

134　雙舞：AI詩圖共創詩選

季閒
照見

眼睛裡的光合作用

有人走過有鳥飛過

有一整城的開落，呼吸間

是色彩繽紛的宇宙

圖：Adobe Firefly AI／季閒，無後製

季閒
踏濤歸來

我已歸來，拎著落日

燈塔站在鹽的藍色夢想上

等待星辰和漁火

接近海平線有船板的漂泊

和斑駁的船歌

圖：Copilot AI／林宇軒，無後製

林宇軒
養病

每天按時做夢
把病馴養成小小
小小的羊
累的時候就躺下
當牠大大的牧場

Washing the dishes
Talking to the faupwain
Talking to tie a:d the polae,
The sound of moviing water
The stounl o you stmngnd tate
Tarling airt of pur senceire on
You arell thet at ther water
Your use we atiiing shor
when you y elubworns anlo muncrity
The sals stith net oopen the slite
When you re mask and mbe sea
iou wells neek yur swor,
Waaen whe salfillinttclustairfull
Move: the ang you eva
now atn epher a opmir dunie

圖：Bing AI／曼殊，無後製

曼殊
聽見抖落塵土的聲音

洗著碗盤
跟水龍頭說話
跟刀叉說話

流水聽著
房子裡騰挪椅子的聲音

從隔牆傳來
你們嗑著盤子上的貓膩
關於我的面具和你的至誠

想起我們也曾經吃著菓子
從茶餘聊到飯後
當蠶遇見桑葉
我們的海同時在桌邊靜了下來

挪動椅子,打開窗
你留下的餘韻依然純粹美好

圖：Playground AI／郭至卿，再後製

郭至卿
符號

空氣一陣躁動
南風吹落書頁間的符號

擦拭句點
更多逗號游成河
向我襲來

圖：DALL・E／郭至卿，無後製

郭至卿
愛情

在海洋中
佔據一座花香的島嶼
又要在島嶼裡養出
一汪大海

圖：Bing AI／陳竹奇，無後製

陳竹奇
春天

花
是春天
最美的表情

花
是我遇見你
的一種心情

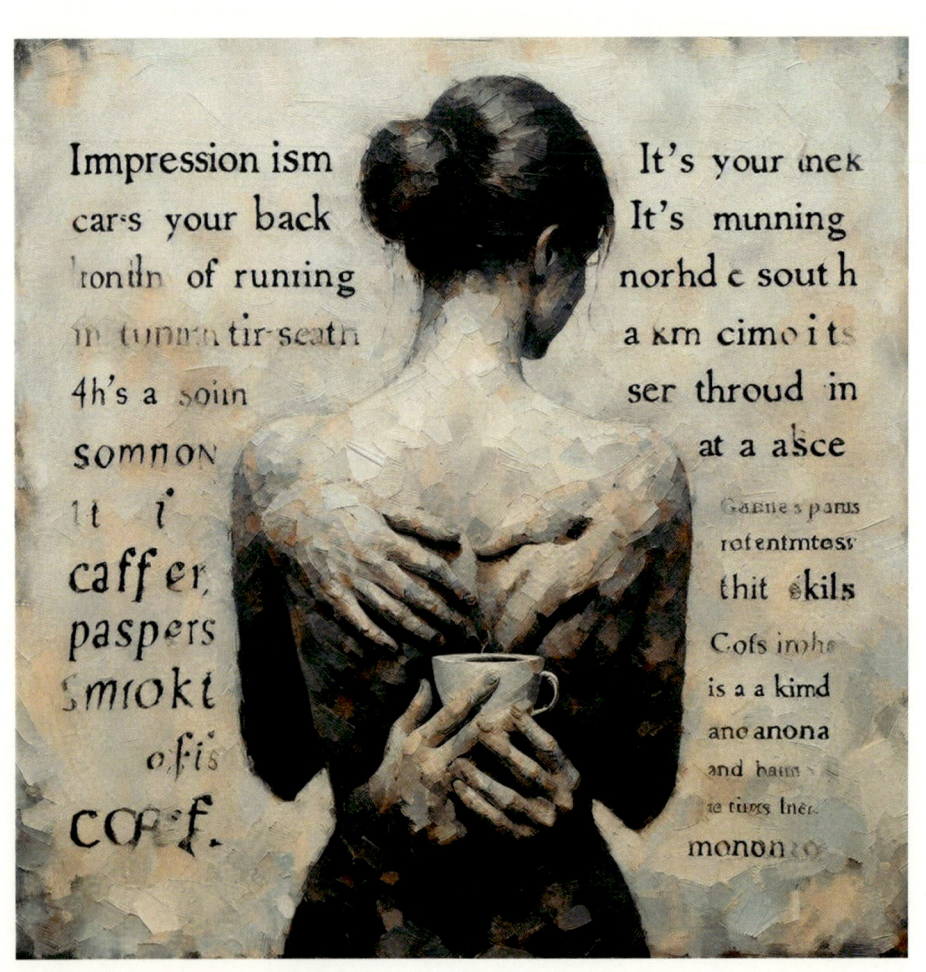

圖：Bing AI／陳竹奇，無後製

雙舞：AI詩圖共創詩選

陳竹奇

輕撫

輕撫你的背
是一段貧瘠的山丘
是數月來的南北奔波
是黑色薄紗之下的紙煙與孤寂

一眼可以望穿的
是你清瘦的身影
咖啡是你的肌膚透露一種芳香與憂鬱

試圖灑脫的是你的姿態
而無法釋懷的是你的心情
你在北地與南都之間徘徊

家是一個遙遠的記憶
縱使偶而仍能委寄身軀
靈魂的遊蕩何時停息
只為了一場無謂的遊戲

圖：Bing AI／陳竹奇，無後製

陳竹奇
創世紀

我在0與1之間流浪

光與粒子構築摩天輪

用行星環繞恆星

每一個軌道

都是字句鋪設而成

可以跳躍

可以倒轉

可以反覆

朗讀

在星球們感到寂寞的時候

聲音

是一種方程式

可以運算孤獨運行的頻率

在不同空間置換

彼此的情緒

圖：Bing AI／樂達，無後製

152 雙舞：AI詩圖共創詩選

樂達
小啞子吉普賽（最後一節）

小詩人吉普賽，屈身於

陰影交錯的最低點

拾起零星貓毛，側耳

傾聽，像是柔和的步伐

走向風中所及的每一對耳

韻律傳至天際，吉普賽抬頭

微笑，高舉和音的食指

彷彿在無星的大地與銀河上

輕柔地，戳出一枚光孔

圖：Bing AI／樂達，無後製

樂達

合一（最後一節）

如我在此刻回頭，偶遇
天亮之際脫胎的身軀
像是在雙向的盡頭等待自己
當光熄滅，重新與彼端合一

圖：Bing AI／樂達，無後製

樂達
花季八行（上）

　　瞬間為杜鵑花換上新的彩衣

　　如角落將隨時傳來，夜的奏鳴曲

　　戀人將雙手種入心形的花陣

　　掌紋染上花香，永恆從指尖萌芽

圖：Midjourney AI／陳政彥，無後製

陳政彥
螢火蟲

我們啃食

也被生活啃食

以蘆葦生長的速度

溺斃，在寒冷的節氣裡

等待，孵化成

一顆月亮

圖：BING AI／陳皓，無後製

陳皓
未竟帖 - 1

在天空遇見一棵樹。
沒有冗長的敘事與修辭
明亮而果敢。關於堅毅的夏天
從來不是一種得以輕易說明——
多雲,但簡約如天井裡拼貼的日光。
或者說我們仍蒼白地期待雨季。

圖：Stable Diffusion AI／陳皓，無後製

陳皓
未竟帖 - 2

在喧鬧的雨季裡期待著最美好的完成。

夢想我們輕易地抵達，多曲折的海岸線

微雨的色調荒誕如一齣歷史的默劇──1840（註）

森林裡的空地如何示現心中那一片幽微

浸入黑暗的那光，在秋天我們將何以說明

抬起頭迎向微雨，或是日光

在天空遇見一棵樹，誠實或者透明。

註：康斯坦・特魯瓦永，《森林中的一片空地：游泳者》
（A Clearing in the Forest: The Bathers），1842。

圖：Stable Diffusion A I+ Architecture Sketch Art PS Action後製／陳皓

陳皓
江湖外傳-3獵殺

他起身。
日光適巧斜斜涉入最理想的位置。
她想過一百種沉默的理由,靠窗的街
有一百種異樣目光反覆翻閱秋天的髮尾
尋思著離開的幾種可能,旋即陷入遠方的日光裡。

她皺起眉,盤算著夜色與日光的距離。
匕首離鞘約僅一指。街的窗扉緊閉。
等待永遠比決定更艱難。像秋天
虛掩著那些年的風雪;太過潔白的天空。

落葉總是找著最優美的姿勢
尋隙穿越綿密的防線
想起受了傷的心事仍然是痛
沒什麼比這空白的眼神更寧靜。

他坐回距離秋天最遠的位置
夜色覆蓋離散的夢境。
街的另一側是悄然掩至的海
與不能停止的悲傷。

圖：AI Chat／陳徵蔚，無後製

陳徵蔚
新生

當你撕裂媽媽身體　踏血淚而來
我也正在掙扎　舒展成新生的姿態
翩翩飛到你的面前

我們端詳彼此跨越時空的鏡像
你含淚的雙眸　映照出我的半生荒蕪
一刀剪斷臍帶──那條與過去的線索
你以驚天的哭聲　劃開未來

牽起你的小手　我也張開雙臂
擁抱那個蜷縮在陰冷角落無助啜泣
孩提時的自己

你咿呀地說：「這不是你的錯！」
「真的嗎？從來沒有人這樣說過。」
於是　我們攜手　爬過陰暗的甬道
在陽光爛漫中　撫平每一道傷口

因著你的到來　我終歸得以
新生

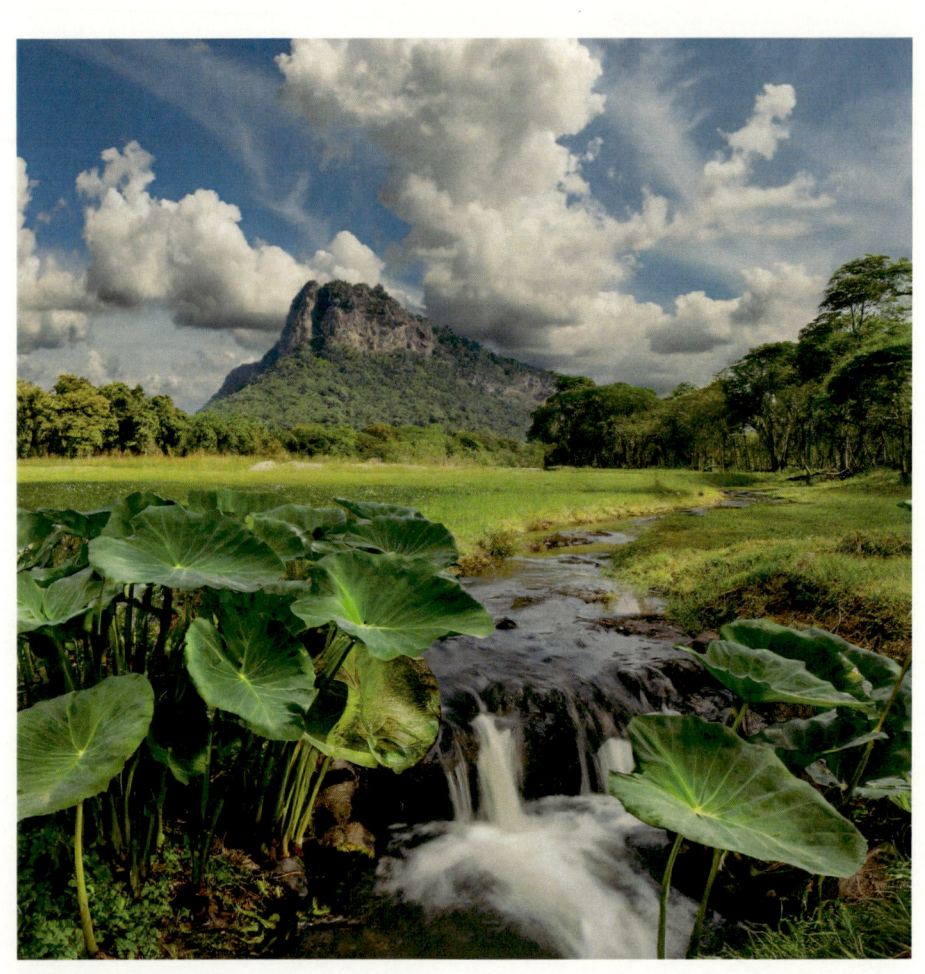

圖：Adobe Firefly AI／曾美玲，無後製

曾美玲

踏青

遠方山坡上
縷縷自在的煙
黑暗中射出
一畝新生的白
腳邊唱響溪水清澈的歌
行進中，忽然竄出一條
水蛇，猛力搖滾
春天

圖：Adobe Firefly AI／曾美玲，無後製

曾美玲
夜空

當夕陽退場

別急著走開

等月亮調好燈光

星星們熟記臺詞與位置

一幕幕仲夏夜之夢

即將

演出

圖：Adobe Firefly AI／曾美玲，無後製

雙舞：AI詩圖共創詩選

曾美玲
失眠夜

全世界正酣睡

唯詩與貓清醒

走著霧派腳步

各自即興表演

伸展、翻滾、跳躍、撲抓

有時，安安靜靜

擁抱彼此孤獨的心

客廳沙發上

縮成一團，貓的笑臉

凝成一粒，詩的珍珠

圖：Deep Dream Generator／黃鈺婷，無後製

174 雙舞：AI詩圖共創詩選

黃鈺婷
非自願清醒

在某年冬天我睜開眼　　　　　我原諒這世界上
突然發覺　　　　　　　　　　所有的視野
我可以原諒這世界上所有的睡眠　你想成為這種人嗎？
　　　　　　　　　　　　　　一張眼就是無盡的荒原
即便黑暗裡沒有芽點　　　　　但我允許每個人
沒有末日的地平線　　　　　　有每個人的視野
沒有夢，還有夢所帶來的
對美好的幻覺　　　　　　　　即便我看不見

我還是原諒　　　　　　　　　走得越遠越幸福嗎
這少數的放縱　　　　　　　　我在原諒裡懷疑
像一場最安靜的戰爭　　　　　卻也原諒我的懷疑
在自己的黑暗裡反覆爭鬥　　　我想擁抱這些罕見的發現
不需要結果　　　　　　　　　雖然感覺已經不是少數了

　　　　　　　　　　　　　　一隻鳥飛過眼前
　　　　　　　　　　　　　　再也沒有人看見

圖：Bing AI／愛羅，手機後製

愛羅
記憶彎彎

彎成一條溪
眼角是熟悉的小徑
彎成一束河
胸膛是暫泊的水城

我輕輕勻起記憶一瓢
看月兒彎彎
我的眉也彎彎

踩在泥巴裡的小腿彎彎
鄰家煙囪冒出的炊煙彎彎
媽媽上天堂的石階彎彎
我們回家的路
彎彎

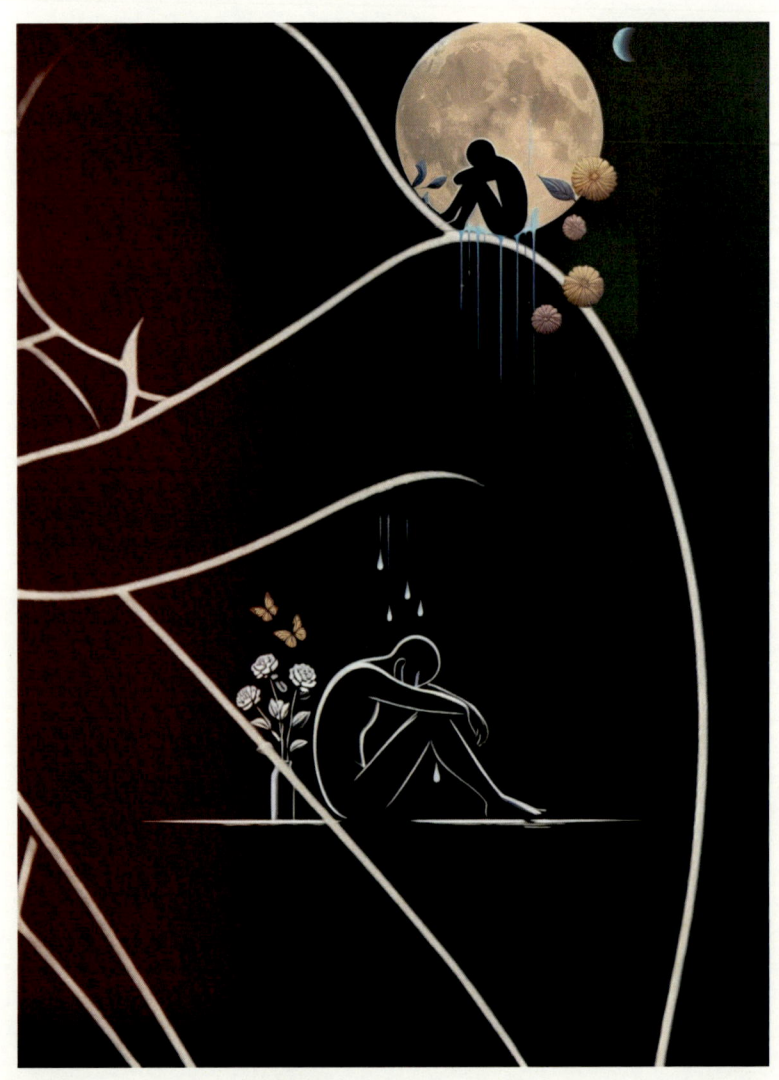

圖：Bing AI／愛羅，手機後製

愛羅
悟

眼淚是假的，寂寞是假的，
歡喜是假的，哀傷是假的。
藍天是假的，花開是假的，
秋天是假的，月圓是假的。

醒著時候是假的，
醉了以後是假的。
飽足是假的，
痛病是假的。

冷是假的，熱是假的，
你是假的，我是假的。
領悟了所有假的，
感覺是真的。

圖：Bing AI／愛羅，無後製

葉子鳥
從未停歇

靜音的鍵盤
默默地在死藤水裡流竄
超驗松果體
迴向虛擬時空的遠方的遠方的遠方⋯⋯
回擊出一聲聲雷鳴

而遠方只是一個人
默默地敲著鍵盤
閃電在眼裡
無人知曉的滂沱大雨
從耳裡、鼻裡、嘴裡⋯⋯淹漫房間
身體的感知被覆滿，意識
流向沒有地表的呼吸
漫溢出更多的漂浮
每個人都有一把自己的槳
在集體分裂的修辭裡
划向更深的漩渦
嘔吐出更多的自己

圖：Copilot AI／葉莎，無後製

葉莎
獅與詩

文字抬頭

看見雲中獅子怒吼

深深明白

狂暴的皆是生活

你坐下寫詩

意象祥和，不帶恨字

一生走過的路，唯

發怒且受傷的獅子

懂得

圖:Copilot AI／葉莎,無後製

葉莎
話題

今夜的話題

有龍井的香氣

提壺

竟將月色從井裡提起

滿園都是落葉

靜靜與寂寞凝睇

圖：Copilot AI／葉莎，無後製

葉莎

跪

趁四下無人
放下自己可笑的防衛
向遼闊的天地懺悔
如一名棋子飛落在地
從此沒有輸也沒有贏

圖：Bing AI／寧靜海，無後製

寧靜海
江湖

別用懷疑的眼睛看我
雙足點水翻過一座海洋

若燈要滅，就撕開黑暗
暗夜裡只要相信耳朵
身在江湖，何必待光向我
逕行朝太陽走去

世界很小
一技便能武林絕塵
世界很大
一個人站出一個江湖

圖：Bing AI／寧靜海，無後製

寧靜海
孤勇者

從卑微的甬道裡破土而出
身為蟬，我是勇敢的

若月亮不來，就以一聲長嘶　破曉
復以昂昂之軀向整個夏天宣戰
與熱辣的火舌激辯，身為蟬
誓將世界縮小成一棵樹
一個舞臺，一位王者

身為蟬，只有桀驁沒有不馴
趁朔風追起前，賭上一生命運
哪怕只剩蟬噪也要炸翻大地

圖：Bing AI／寧靜海，無後製

寧靜海
夕顏

如何才能成為
你身上盛開的花朵？
或者是一粒塵埃。

在第一座城市的第一條街遇見我
我把殘缺的夢還給你
你什麼話也沒有說
只是眼睜睜看著
看著月光下的我哭成一條河
河水愈哭愈清澈
你也漸漸變得透明

圖：NightCafe AI／漫漁，無後製

漫漁
造物者

等了很久
終於孵出一枚行星

把時間推進黑洞
再從另一端抽出
重來一遍
DNA和蛋白質組合，會不會找到
救贖的方程式

他　沒有回答
翻過魔術師的帽子
剛才那隻白鴿　一直
沒有回來

圖：NightCafe AI／漫漁，無後製

漫漁
毛順

對於鼠輩的語言，他也略熟一二

嘰嘰和喳喳
傳到高處時，都變成：
渺～藐～杳

圖：NightCafe AI／漫漁，無後製

漫漁
虎，虎，虎

兩隻老虎　　兩隻老虎
跑得快　　跑得快

一隻跑贏全球暖化的速度
變成奶油

一隻跑輸不停變種的新冠病毒
關進籠子　　戴上口罩

第三隻老虎不跑了
正在虛擬實境中
忙著捕捉寶可夢

這世界　　真奇怪

圖：DALL・E／郭至卿，無後製

蔡知臻
被迫長大

鮮花即將盛放
但我仍然希望
時間
跳回尚未成熟的自己

圖：Copilot AI／黃智明，無後製

薈朵
花&蝶與你的系列 - No.2　蝶戀

是花，

困住了蝶。

蝶的翅膀從此無法飛翔

　　　　　　　　——選自薈朵《紫色逗號》

圖：Copilot AI／薆朵，無後製

薏朵
天空流雲（節錄）

灰色流動

你寫過的歲月

你放在天枰上

怎麼稱都只是一個數字

重量從來都是寫出來的歷史

圖：Bing AI／愛羅，手機後製

蕭蕭
懸浮的微塵

懸浮的微塵
靜靜穿過大漠、海洋
落在草葉枝枒
會鳴會叫的青蛙沒有覺察

懸浮著的微塵
靜靜穿過髮線、眉尖
落在鼻
帶著雪花一樣的微涼
失神的雙眼選擇了遠方的空茫

懸浮了很久的微塵
靜靜穿過唐朝的風宋朝的雲
落在一方琉璃的鏡面上
懸浮了很久很久的微塵
穿過明清少人翻尋的小品
靜靜落在一方琉璃的鏡面上
我用食指靜靜抹除
那不再懸浮的微塵
鏡子依然明亮昨日的明亮
不曾記憶一群微塵
懸浮的模樣

圖：Bing AI／離畢華，無後製

離畢華
河內法式午茶

建築體鬆上滑潤的
奶油色1954年後
不免顯得齷齪
在有法式穹頂
和越南女門僮的
2018年旅店，
請給我一杯貪婪
和一片殘虐
一盤自大又精緻的
可憐及可憎

圖：Bing AI／離畢華，無後製

離畢華

嘆息，橋的兩端

嘆息，橋的兩端

我認罪
我幻成月光沐在你光滑肩膀
肩線優美的弧度
薄銀反射柔順的憂傷
炙陽是我的慾望
要你換上春衫的薄涼
酡紅你頰上不老的鳥鳴
若是我有罪
我將解開你眼神的桎梏
讓游吟詩人口中的愛
如許沉重的翅膀
垂落荊棘之中
我伏法之前
讓我再次走過你的田野
行過你的廚房，滑過你
眉彎上的貢多拉
長篙攪動的波聲

你的嘆息，橋這端
我的嘆息

圖：Bing AI／離畢華，無後製

離畢華
鐵炮百合

高山和縱谷

料峭的歷史斜坡

綻放臺灣原產的百合

純潔的鐵炮

純潔的鐵炮無法抵抗噤聲的寒流

默默的冤魂在嚴寒的蒼白裡瑟瑟發抖

純潔的鐵炮百合年年依約

依約響起希望的禮讚，一朵兩朵三朵

四朵五朵六朵七朵八朵九朵十朵十一朵

綻放在濃霧升起的高山和縱谷

料峭的斜坡，歲月無聲流過

圖：MyEdit AI／蘇家立，無後製

蘇家立
佳人

再一下下就好。演戲嘛
裝模作樣最重要
好。看這裡,笑一個
笑一個。你是不會笑嗎
好,再一次。再一次就好了
你知道工作人員很辛苦嗎
再一次,這樣大家就可以早點回家
對。就是這樣。演戲嘛

少女用變聲器對一排鏡子說話
鏡子裡的她們正在龜裂

圖：MyEdit AI／蘇家立，無後製

蘇家立
夢蝶

出不去了：那個燦爛的午後
我們抱著陽光的屍體
摺起剩餘的人生
正摺、反摺、攤開、壓平
你壓住了我的脊椎
我將你眉心弄皺

這輩子大概如此。
牠們輕拍玻璃
我捧著你的臉頰
等窗戶一個個被夢敲破

圖：MyEdit AI／蘇家立，無後製

218　雙舞：AI詩圖共創詩選

蘇家立
鐵道

你進入了我的嘴巴
那裡沒有形容
沒有天空
沒有盡頭
只有圓與尖銳

白色的石子和藍色的沙漏對望
挾起前進的姿態
我弄溼鐵
讓鏽粉刷你
挖一個洞裝進黑夜

製圖：Bing AI／Kuangwen Chen，無後製

蘇紹連
雨中葬禮

一個人穿黑衣,二個人穿黑衣,三個人穿黑衣
一株扁柏,二株扁柏,三株扁柏。佇立
在雨中迴盪的誦經聲中,有一把流淚的黑雨傘
沉默墜地。

所有的人影淡淡地沒入灰爐
一隻白蝶飛起,二隻白蝶飛起,三隻白蝶飛起。

撫琴記

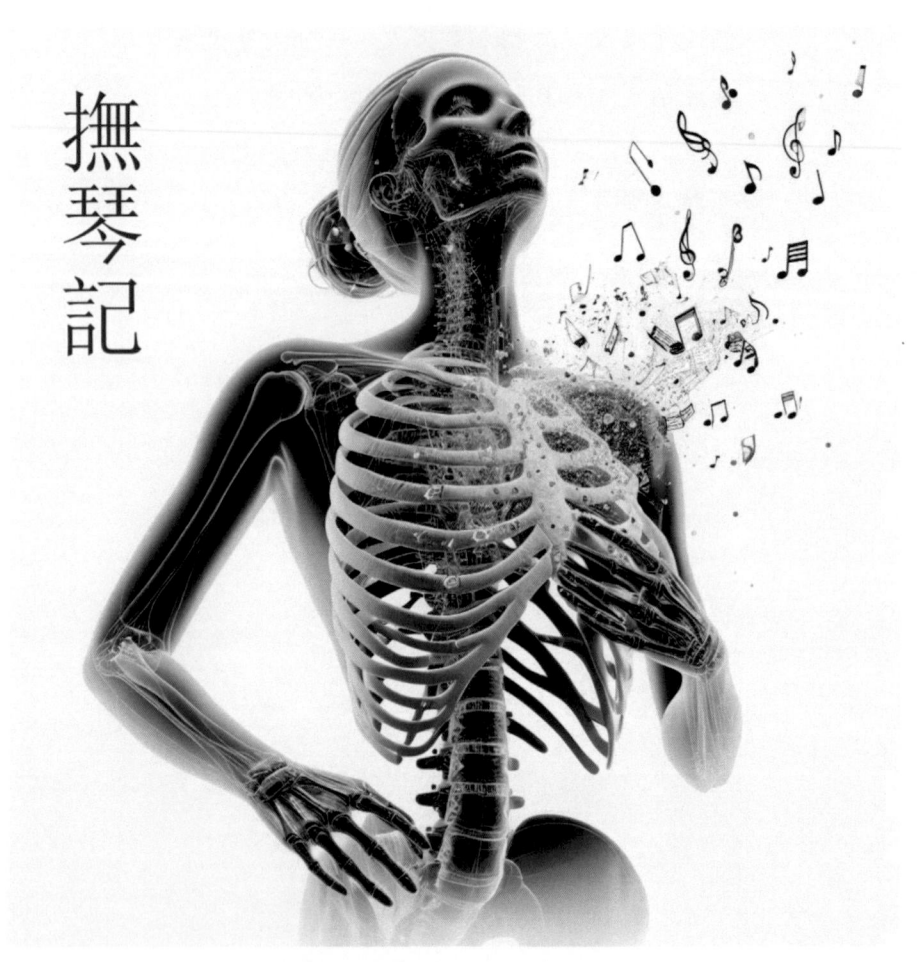

圖：Bing AI／蘇紹連，無後製

蘇紹連
撫琴記

我撫著胸膛，左心室裡的一把琴，在涓涓的血流上，孤鳴。

我撫著骨骼，是一副不能對之呼吸而讓它崩塌的文字結構，意象在其中變成跳躍的音符。而我的頸椎至頭骨，竟有萬壑松濤，不息不止。而我整齊的肋骨做成百葉窗，夾著暮色顫抖。而我的腳踝趾骨，螻蟻穿行。而我的，心，洗著琴音。

圖：Bing AI／蘇紹連，無後製

蘇紹連
旅人的回程

天色欲暮，還在趕路的途中，一群靈感乍現的飛禽走獸，等同於文字敘說旅人的一生。

回程艱困曲折
天色落筆於整個大地，沉重而黝黑
飛禽走獸此生，在最末一句彼歿。

圖：DALL・E／郭至卿，無後製

靈歌
一的對談-8

一把傘
在水花中行船
一雙槳沒踩出的心事
都是雨聲

【編後】
一加一大於二
——開創嶄新時代的AI詩圖共創：融合科技與新詩的美學探索

郭至卿、愛羅

　　從遠古的洞穴壁畫到如今的數位化創作，人類一直在尋找以不同的方式來表達美學和傳遞思想。資訊爆炸的時代，我們被不斷湧現的科技包圍，這些科技不僅改變我們的生活方式，更開啟前所未有的創作可能性。在這個充滿挑戰的時刻，我們迎來一個令人驚喜的新興領域——AI詩圖共創。

　　2024年1月1日臺灣詩學由社長李瑞騰、白靈老師推動成立的《線上詩香》臉書社團，是以各種不同形式表達詩美學，如以圖片、詩演、朗讀、篆刻、談詩、繪畫等跨領域的詩斜槓平臺。2024年2至3月舉辦第一回【AI・詩圖共創】競賽、4月15日至5月31日舉辦第二回【AI・詩圖共創】競賽，這本詩圖選集結這兩回競賽的優選、佳作和臺灣詩學同仁的創作作品。每張圖的下面註明該圖所使用的AI圖片生成軟體名稱、製圖者名字、有無再後製。

　　翻開詩圖選集，左頁圖右頁詩對照著看，呈現的是一場人類與人工智慧的奇妙對話，來自不同背景和文化的詩人參與。新詩文字的跳躍性特質，本就使充滿情感的文字、具想像和創意的火花，而這些詩，透過AI圖片生成技術，被賦予視覺的形式，呈現出一幅幅令人驚嘆的畫面。

圖像與文字傳達訊息的差異：

　　人類在理解影像（圖片）和文字時會動用不同部位的神經系統，但處理圖片通常更直接和迅速，對文字的理解則依賴語言能力和文化背景。人類的創造力來自於把抽象概念具體化：詩人用文字比喻事物；畫家以圖像、色彩表達意境。

訊息量與速度：

　　圖片通常能夠傳達大量資訊，人類大腦對圖片的處理速度比文字快。我們可以一眼看出一張圖片的大致內容，但大腦理解文字意義則仰賴逐字逐句地閱讀和前後文語意對照。

記憶與聯想：

　　大腦的記憶及推理能力植基於高效能的聯想能力，相對於文字，圖片更容易啟動大腦的聯想功能，另一方面，視覺資訊更有利於直接聯結我們的情感和生活經驗。因此，詩圖共創提供有利於以圖聯想文字的抽象概念具體化的能力。

發展與演化：

　　在人類進化過程中，視覺處理能力比文字處理能力出現得更早。早期人類依賴視覺來識別環境中的危險和食物，而文字是隨著文明的發展而逐步演變出的抽象符號系統。

　　這本書的誕生，不僅在AI技術應用於社會科學跨域合作留下記錄，更在藝術表現和文學創作上開創新的可能性。AI軟體生成圖片技術的運用使得詩歌美學更加豐富和多樣化。文字與圖片的結合，使得讀者能夠同時感受到語言和視覺帶來的雙重震撼，這種跨感官的體驗無疑深深地觸動人們的心靈。

　　AI技術的不斷發展和進步，在圖像和文字生成方面的能力將越來越強（圖生成文字、文字產生圖），這將可能使得詩圖共創作品的

品質因表達技術的豐富加乘而不斷提升，帶來更高水準的藝術作品。AI創作工具的普及將使更多的藝術家和創作者能夠輕鬆地進行藝術共創，降低創作門檻，激發更多的藝術靈感和創新。另外將增加跨領域的合作，目前也已有詩、AI、音樂的結合作品。AI根據個人的偏好和需求生成個性化的詩圖作品，更提供量身定制的藝術體驗和形式。

AI詩圖共創的興起也標誌著人類文化創作的一大變革。過去，詩較被視為一種純粹的文字藝術，但現在，它已經超越純文學的範疇，與視覺藝術、科技創新相結合，成為一種更加立體和多元的藝術形式。這種跨領域的融合不僅豐富詩的表現形式，更為藝術和科技的交流搭建新橋梁。

最後，AI詩圖共創所帶來的意義不僅停留在藝術創作的層面，更展現人類文化發展與科技攜手的可能與重要性。隨著人工智慧技術不斷發展，我們將迎來更多類似的創新實驗與實踐，這將為人類的創作和生活帶來更多的可能性和便利。這種理性與感性的共振或許能激發出更多創意的火花，也正開啟人類文明發展的新篇章。

BOD
Books on Demand

PG3128　斜槓詩系01

雙舞：AI詩圖共創詩選

主　　編／郭至卿、愛羅
責任編輯／吳霽恆
圖文排版／楊家齊
封面設計／王嵩賀

發 行 人／宋政坤
法律顧問／毛國樑　律師
出版發行／秀威資訊科技股份有限公司
　　　　　114台北市內湖區瑞光路76巷65號1樓
　　　　　電話：+886-2-2796-3638　傳真：+886-2-2796-1377
　　　　　http://www.showwe.com.tw
劃撥帳號／19563868　戶名：秀威資訊科技股份有限公司
　　　　　讀者服務信箱：service@showwe.com.tw
展售門市／國家書店（松江門市）
　　　　　104台北市中山區松江路209號1樓
　　　　　電話：+886-2-2518-0207　傳真：+886-2-2518-0778
網路訂購／秀威網路書店：https://store.showwe.tw
　　　　　國家網路書店：https://www.govbooks.com.tw

2025年1月　BOD一版
定價：550元
版權所有　翻印必究
本書如有缺頁、破損或裝訂錯誤，請寄回更換

Copyright©2025 by Showwe Information Co., Ltd.
Printed in Taiwan
All Rights Reserved

讀者回函卡

國家圖書館出版品預行編目

雙舞：AI詩圖共創詩選/郭至卿, 愛羅主編. --
一版. -- 臺北市：秀威資訊科技股份有限公司,
2025.01
　　面；　公分. --(斜槓詩系；1)
BOD版
ISBN 978-626-7511-49-7(平裝)

863.51　　　　　　　　　　　　113019058